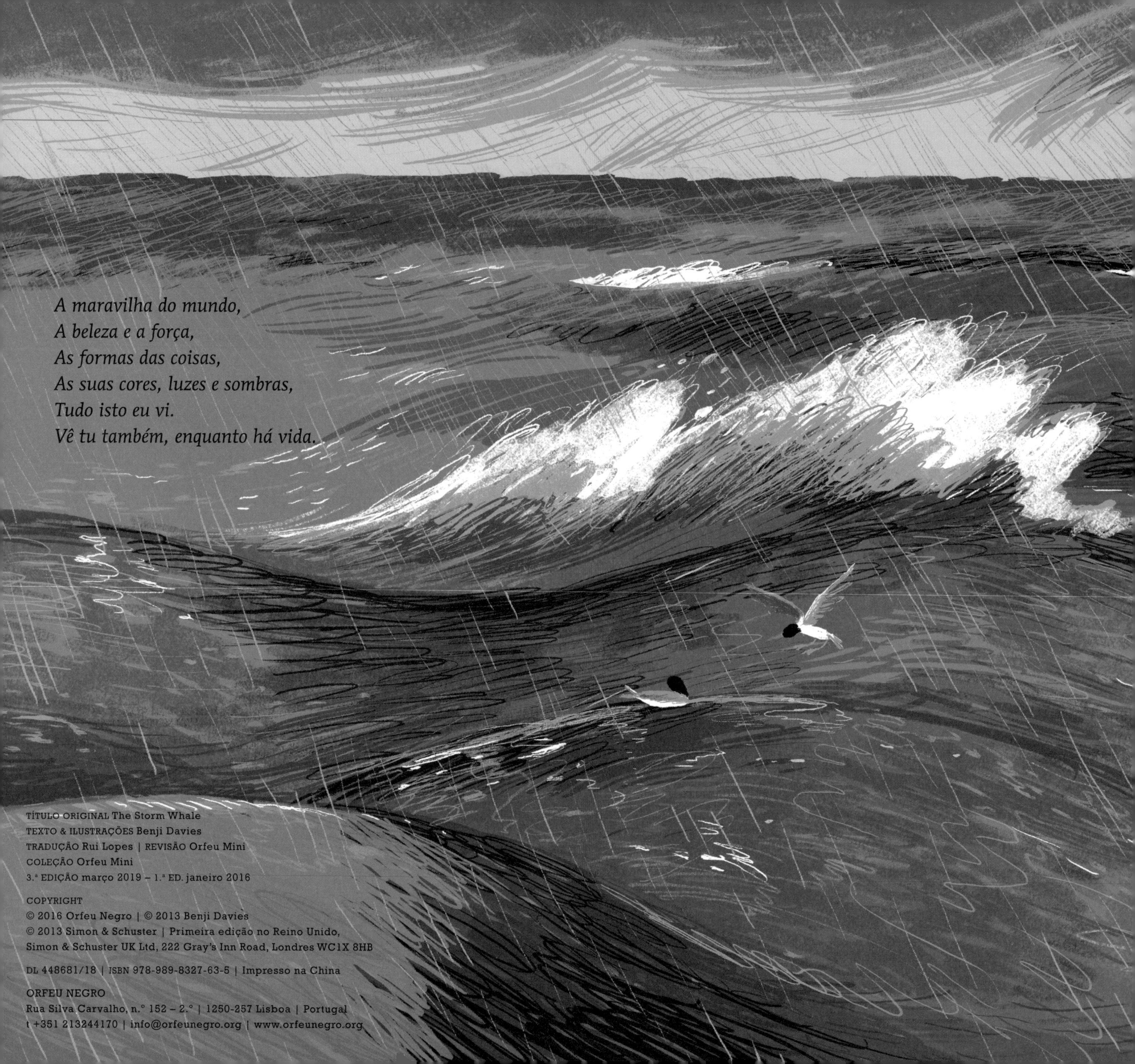

A maravilha do mundo,
A beleza e a força,
As formas das coisas,
As suas cores, luzes e sombras,
Tudo isto eu vi.
Vê tu também, enquanto há vida.

TÍTULO ORIGINAL The Storm Whale
TEXTO & ILUSTRAÇÕES Benji Davies
TRADUÇÃO Rui Lopes | REVISÃO Orfeu Mini
COLEÇÃO Orfeu Mini
3.ª EDIÇÃO março 2019 – 1.ª ED. janeiro 2016

DL 448681/18 | ISBN 978-989-8327-63-5 | Impresso na China

ORFEU NEGRO
Rua Silva Carvalho, n.° 152 – 2.° | 1250-257 Lisboa | Portugal
t +351 213244170 | info@orfeunegro.org | www.orfeunegro.org

A BALEIA
Benji Davies
ORFEU NEGRO

O Noé vivia com o pai à beirinha do mar,
e tinham seis gatos.

Todas as manhãs, o pai do Noé saía de casa bem cedo, para trabalhar o dia inteiro no seu barco de pesca.

Só regressava quando já estava escuro.

Certa noite, uma grande tempestade rondou a casa deles.

Ao acordar, o Noé foi até à praia para ver o que acontecera durante a tempestade.

Quando caminhava à beira-mar,
avistou qualquer coisa ao longe.

Aproximou-se e nem quis acreditar no que os seus olhos viam.

Uma pequena baleia tinha dado à costa.

O Noé não sabia o que fazer.

Mas sabia que não era bom para
uma baleia estar fora de água.

«Tenho de ser rápido!», pensou.

SONS
do
MAR
AQUÁTICA

E fez tudo o que podia para que a baleia
se sentisse confortável.

Contou-lhe histórias sobre a vida na ilha.
A baleia gostava muito de o ouvir.

Entretanto, começou a anoitecer
e a ficar escuro.

O Noé estava preocupado, pois o seu pai podia zangar-se ao encontrar uma baleia na banheira.

Ainda assim, manteve o segredo
durante a noite.

Até conseguiu levar o jantar
às escondidas à sua baleia.

Mas sabia que isso não
ia durar muito tempo.

O pai do Noé não ficou zangado.
Andava tão atarefado que nem reparou
que o Noé se sentia sozinho.

Mas disse-lhe que tinham de levar a baleia
de volta para o mar, que era a casa dela.

O Noé sabia o que deviam fazer,
mas era difícil dizer adeus.

Ainda bem que o pai estava ali com ele.

O Noé lembrava-se muitas vezes da sua amiga baleia.

E esperava um dia…

... reencontrá-la.